湖山旧衣

湖山当衣

诸雄潮　著

中国广播影视出版社

图书在版编目（CIP）数据

湖山当衣 ／ 诸雄潮著 . —— 北京 ：中国广播影视出版社，2021.12（2024.1重印）
　　ISBN 978-7-5043-8409-6

　　Ⅰ . ①湖… Ⅱ . ①诸… Ⅲ . ①诗集－中国－当代 Ⅳ . ① I227

中国版本图书馆 CIP 数据核字 (2019) 第 297875 号

湖山当衣

诸雄潮　著

责任编辑	许珊珊
责任校对	张哲
装帧设计	嘉信一丁

出版发行	中国广播影视出版社
电　话	010-86093580　010-86093583
社　址	北京市西城区真武庙二条 9 号
邮　编	100045
网　址	www.crtp.com.cn
电子信箱	crtp8@sina.com

经　销	全国各地新华书店
印　刷	三河市同力彩印有限公司

开　本	880 毫米 ×1230 毫米　1/32
字　数	50(千) 字
印　张	3.5
版　次	2021 年 12 月第 1 版　2024 年 1 月第 2 次印刷

书　号	ISBN 978-7-5043-8409-6
定　价	68.00 元

目 录

࿇

江南好

踏青

踏青去，

眉语话东西。

十月阳春吹落叶，

清明垂柳试新衣。

相恨知音稀。

1980 年夏

七绝

游富春江

碧绸一张铺水中，

浣纱越女冶天工。

富春江水即蓝墨，

泼点青山两岸松。

1980 年夏

鹧鸪天

水绿春寒酒满盅，
忘忧心醉舞歌浓。
西窗无限伤心事，
浪迹天涯难再逢。

风细细、阻归鸿，
斜阳细雨古今同。
凭栏最好桃花艳，
独梦来年依旧红。

1983 年春

天仙子

赠凯雄

一笑相识成永夜，

琴书换日春秋谢。

潘郎此去几时回，

情切切，

对明月。

醉赋点点离别血。

1983 年夏

自度曲

霜风紧，

寒意浓。

凭高望去，

鸿雁无踪。

残叶为何血样红？

夕阳下，

无语中。

1985 年

蝶恋花

寒柳凄凉天欲泪，

望断南天，

思量成憔悴。

几度鸿书来去遗，

穿梭心字织成未？

明灭灯火难夜寐，

无限相思，

不尽春江水。

如水豪饮还无味，

知它春来桃花碎。

1985 年

江城子

汲得黄水不成诗，

画斑枝，

长相思。

一声卿卿，

半面枕巾湿。

孤客望乡肠愁断，

千叶苇，

一缕丝。

1985 年

一剪梅

独倚东营望北楼，

日近黄昏，

雨满莱州。

此心遥寄心知否？

无奈烟原，

迢递生愁。

平野孤松肃意稠，

风也呜呜，

鸟也啁啾。

暂别更是碎人心。

何处依依，

断了杨柳。

1985 年

七绝

和徐文长《墨葡萄》画题诗韵

半国游遍半成翁，

陋室啸歌作清风。

把酒欲邀蟾宫曲，

月明总在酒酣中。

1987 年

七绝

咏怀

寒秋未到叶已红，

枯灯不照半天空。

且将渭水收醉眼，

再煮青梅论英雄。

1987 年

七绝

咏杨

杨树临秋不觉悲，

伴着红日自由归。

谁知三月癫狂日，

一朵一朵如雪飞。

1987 年

七绝
无题

横塘一片水孤流，

断桨如何不系舟。

我问玉溪弦几柱，

青山不语水悠悠。

1989 年

七绝
咏雪中之叶

莫怪风霜净碧空，
当年仰慕李花红。
其实秋后风光好，
瑟瑟一张在雪中。

1989 年

七绝
赠桥依

清杨何处觅踪迹，

秋尽长安草木稀。

遍数拒河十渡上，

唯存一叶凭桥依。

1989 年

江城子

烦恼无端独自悲，

泪纷飞，

谢芳菲。

晴天霜雪，

惆怅心如灰。

落血子规啼不住，

春未到，

恨相随。

1990 年

口占
云湖梦

一

水碧芳清云湖东。

一江潮，半滩风。

白鹭翻飞，

无语入双瞳。

红烛轻歌人影重。

游鱼眠，

梦乡中。

二

无奈风筝飘西东，

落细雨，起斜风。

星辰几许，

难以入双瞳。

平湖映月影重重。

孤舟横，

醉乡中。

1990 年

贺新郎

思蜀女

小琴想吾否？

忆当初，烛红窗影，落花时候。

薄命红颜非定式，

南国颇多红豆。

峭上梅，独开辛丑。

今是昨非分泾渭，

叹人生彼岸凄凉透。

任雨落，笑怀旧。

情隔万里空折柳。

悔分离，参商不见，怎堪回首！

寒夜抚琴谁听见，

老去书生宽袖。

衷肠断，孤舟病酒。

暮色茫茫何处路？

盼余生能够长相守。

天难问，地长久。

1994 年

阮郎归

思归

蜀天烟雨忆当初，
情如景不如。
犹觉寒雨似冰肤，
影人和梦无。

自去后，梦魂孤，
屈肢安得舒？
腾身万里见明烛，
敲扉暖红炉。

1994 年

唐多令

还未到中秋，

为何已言愁？

梦在蜀，心总难留。

明月虽清风不定，

登高望，忆温柔。

心事不说休，

温情似水流。

觅十年，只有开头。

垂柳不新难入梦，

琴声断，是离愁。

1994 年

江城子

冷风秋雨月如霜，

叶已黄，

水冰凉。

信步长街，

寒雁惊慌张。

无语相别话两样，

灯摇曳，

梦难长。

1997 年

相见欢

雨红不负青山，

凭栏看，

诗酒携身相望却蹒跚。

只语醉，

几行泪，

月宵残。

但愿良人依旧不孤单。

1998 年

一剪梅

抱影难眠逢晚秋，

霜草汀洲，

不系兰舟。

回肠雁字绕心头。

一种温柔，

几样闲愁。

心曲如风付水流，

乱柳方抽，

愁染双眸。

逝时空教忆旧游。

岁月能收，

烟雨难留。

1998 年

蝶恋花

鹊踏枯枝秋已碎，
几度残红，
却伴夕阳坠。
昨日画舫难有醉，
横塘依旧心如水。

衷语断肠人难寐，
又遇春愁，
斜雨飘无味。
惆怅青山寻百卉，
花开人瘦两行泪。

1998 年

离亭燕

惆怅云帆人雁，

芳草夕阳无限。

秋月如刀难断水，

霜冷长亭路远。

彩袖本无情，

笑点鸳鸯一片。

憔悴心思肠断，

锦字锈成无算。

琴键杂弹何成调，

重复总归凌乱。

独立雨风中，

忘却难掩思念。

2000 年

忆故人

目送飞鸿，
任季风，
草易浓、花难展。
人生惚恍几回头，
常愁春光短。

几度云收雾散，
忆芳菲、伤高念远。
海棠开过，
惨淡人烟，
夕阳心愿。

2000 年

相见欢
题赛里木湖

碎花肥了牛羊，

草芳香。

自在白云如梦任凭窗。

三台海，

舞烟霭，

亦横塘。

遥远地方沉醉是家乡。

2000 年

菩萨蛮

题漓江

入梦江作青丝带，

轻缠桂女相思债。

秀美第一江，

无语思量长。

烟花难注目，

自在七分绿。

春去任凭他，

秋来江似霞。

2000 年

忆王孙
题希拉木伦草原

胡天秋雨草深长，

神骏炊烟长调扬，

天际云霞魂梦乡。

水无缰，

红日低垂泛韶光。

2000 年

采桑子
题九寨沟

梦中九寨银缸水，

青紫红黄，

镜海波光，

最是铭心诺日朗。

林中滋味身旁侣，

暧瑓衣裳，

人草芳香，

彩绘风光梳艳妆。

2000 年

捣练子
题泰山

山独秀，

庙火红，

五大夫松造化功。

世上玉皇顶眺望，

半山奇松半天虹。

2000 年

浣溪沙

梦入平江空叹息，

退思掩卷觅金鸡，

种花如雪也凄迷。

雨落寒山谁拾得，

一船霜枫卷如衣，

风吹无影拓芹泥。

2007 年 10 月 26 日

浣溪沙

好酒非为愁满斝，
诗情正向妙台升，
迷离暗想梦中人。

莫负韶光流水过，
且将双眸雨中寻，
一支春笔点红唇。

2008 年 1 月 18 日

浣溪沙

香雾如衣春露浓，

幽帘夜月四时同，

晓阳初照睡惺忪。

倦卧湖山人自得，

笛吹叶舞现花容，

双龙相守不言中。

2008 年 2 月 10 日

浣溪沙

天意正凉心正暖，
将圆月亮不一般，
爆竹雨水落合欢。

谁是嫦娥探访者？
梦将月桂作雕栏，
白蛇作骑乐花园。

2008 年 2 月 19 日

忆王孙

蝴蝶心事遇春分，
香酒难销圆月魂，
烛映窗花那边人。
梦深沉，
风捡足音雨敲门。

2008 年 3 月 21 日

忆王孙

芳心如丝绕芭蕉，

垂柳轻拂蛮女腰，

琴瑟相谐韵自调。

意难消，

纵便无风也上桥。

2008 年 6 月 20 日

相见欢

桥依生日相忆

依桥寂寞听风，

叶飘红，

恰又南北零落院中空。

镜无语，

词难曲，

颤寒虫。

月圆窗缺相忆不相逢。

2010 年 11 月 19 日

采桑子

冬至感怀

夜长日短三更雨，

独自凄凉，

无限感伤，

纵使感伤难对窗。

人生如梦花间影，

大好时光，

难以收藏，

便是收藏也断肠。

2013 年 12 月 22 日

浣溪沙

中秋

残酒半诗明月斜，

孤人絮语若胡笳，

乱敲心境断琵琶。

何处月光无可醉，

谁家丹桂胜梅花，

伊人为露伴兼葭。

2014 年 10 月 16 日

七绝

六盘水怀思

簇峰似火却道凉，

风月无边属夜郎。

多样牂牁江如练，

罗裳不系忘还乡。

2014 年 10 月 26 日

七绝
初游会稽

凿石成镜月明重，
越女如花颜色红。
胆剑男儿有风骨，
身如杨柳心似松。

2014 年 10 月

七绝
夜游沈园

剪断月光化酒浆，

月起月落越愁伤。

人间无绪秋千索，

蝶舞莺歌隔沈墙。

2014 年 10 月

七绝

徽州游思

徽门负雪读梅花，

泼墨披云看雨茶。

捧得心来行天地，

清爽世界是我家。

2015 年 5 月

七绝
访徽州古村落

春恨如图画外中，
秋愁似简墨浅浓。
轻削新竹调五色，
一抹雨烟笔带风。

2015 年 5 月

七绝

和文祥《春雨落英》诗

谁播春雨染小径，

却道落英乱人心。

独立寒冬已三月，

飘零只为一夜情。

2014 年 4 月

附：春雨落英醉入林

刘文祥

春雨起时林愈静，

繁花树下蹊自径。

赏美不独枝头俏，

别样瑾致在落英。

2014 年 4 月 16 日

七绝

和文祥《春恨》诗

花开不落未曾有，

转眼青丝说白头。

春恨无非身无力，

人间风景在琼楼。

2015 年 4 月 1 日

附：春恨

刘文祥

无边春恨几时有，
颠倒少年忆白头。
不知青山空留去，
但看红尘在云楼。

（戏作一首，时愚人节）

相见欢

回江南

北狩已忘江南，
意阑珊。
无奈万千丝雨钓人还。

梧桐坠，
满浦水。
曲难弹。
吟醉燕山吴水便心安。

2015 年 7 月 24 日

五绝

赠一滴茶

茶饮一滴浓，

花开半瓣红。

唐诗不解意，

随酒入禅中。

2015 年 3 月 2 日

七绝
冬至

冬至已至春未至，

月光未光目有光；

梅花不解古人语，

从此冰心无暗香。

2015 年 12 月 22 日冬至日

七绝

诗梅相约

新诗似与梅相约，

好景应同画中看。

是处登临有风月，

须留踪迹拓波澜。

乙未除夕（2016 年 2 月 7 日）

值班迎羊送猴集句以赠各位

七绝

松月同饮

风外三竿松月友，

酒中一部圣贤书。

野店酒香新雨后，

小栏花韵午晴初。

乙未除夕（2016 年 2 月 7 日）

值班迎羊送猴集句再赠各位

七绝

青山相约

青山有约君常去，

白酒无情却醉人。

我是人间散淡客，

不将诗句寄晚春。

丙申正月初二（2016年2月9日）

七绝
色随风入

须白便无颜如玉，
室空难写腹中书。
窗开好色随风入，
野店酒香总不如。

2016 年 2 月 13 日

七绝

趣题

梦春原与春梦同，

心夜难及夜心浓。

红颜可为谁不改，

花枝只指真英雄。

2016 年 7 月 15 日

七绝
到延安

人到延安心可安？

春秋延水试温寒。

平地危栏徘徊处，

圣都宝塔立青山。

2016 年 11 月 16 日

七绝

别延安

人到延安心自安，

高原莽阔水云宽。

虽无白雪相迎送，

自有好风挂满帆。

2016 年 11 月 22 日

七绝

十佳感怀

传世妙文总是痴，

种花事业少人知。

他年若忆当年事，

犹自抚歌作小诗。

2016 年 11 月 28 日

七绝

报春

一树梅花报到春，

苍天如雪了无痕。

青山一抹待图画，

如影随风已入门。

2017 年 1 月 10 日

七绝

赠黄溪云

三十六载已成空，
明月山河化彩虹。
一笔千钧总不如，
声传万里人动容。

　　　　　　2007 年 7 月 20 日
作于黄溪云新闻作品研讨会上

七绝

忆王亦君

生难别易世无常，

千万人生千万殇。

犹记与君游桑梓，

不教沽酒读华章？

2014 年 5 月 27 日

七绝

忆柴增禄

阅读人生已半期，

何人德道可学习？

此时身在云空上，

凝望云空犹觉低。

2017年9月2日上午

于飞往乌兰巴托的飞机上

七绝

书虫愿

一生唯愿做书虫，

也羡嫦娥在月宫。

无奈秋风乱翻页，

风流不着半行空。

2017 年 10 月 18 日

七绝

道融武当

往世今生烟火红，

入出儒道殿宫中。

人生要做神仙梦，

社稷美人入我胸。

2017 年 10 月 30 日

七绝
行游神农架有感

神山千秀自成仙，

云笺欲书野人言。

我愿学农尝百草，

苍生福祉记心间。

2017 年 10 月 31 日

七绝

咏链子溪

传世昭君赛画诗，

我言皓月 *不如之。

清江一道心中绕，

万水不如链子溪。

2017 年 11 月 3 日

*注：王昭君乳名皓月

七绝

赞鄂西

武神黑白圆太极，

荆楚试茶万木低。

不必天涯寻芳草，

只须随梦到鄂西。

2017 年 11 月 4 日

作于宜昌至北京飞机上

七绝
节逢大雪饮酒

一朵雪花落酒中，

半江诗韵伴炉红。

残荷已尽夏秋意，

却又飘零惹南风。

2017 年 12 月 8 日

七绝
题那拉提草原

天仙彩笔落那山，

少女十八着春衫。

此生不到东风社 *，

便是为人也枉然。

2018 年 9 月 12 日

＊注：东风社即那拉提草原

自度曲

自在

人生苦短总怨命，

除却老死不算病。

曾有梦，

未穷尽，

一路风云也是镜。

老僧入定风不定，

万籁阒寂心不静。

四美并，

一壶情，

清风江上自在行。

2017 年 11 月 13 日

自度曲

胜日

转眼青叶成枯枝，

失手宝玉是玩石。

临小池，

勤读史，

百年之后谁人识。

人生可曾有意思，

清风明月一行诗。

一餐食，

一花枝，

只当每日是胜日。

2017 年 11 月 14 日

浣溪沙

独立桥头独自凉，
风吹残叶半掩窗，
依稀薄雾遮残阳。

任事无风花落重，
无妨一地惹沉香，
从来世事不寻常。

2017 年 12 月 7 日

浣溪沙

秋尽西风兀自凉，

苍山负雪映船窗，

残红又见隐夕阳。

草木一春春梦重，

世间最好蝶花香，

人神同栈是寻常。

2017 年 12 月 11 日

行香子

梅密桃疏，春色如初。

归鸿近，起舞南浦。

天清如此，风卷江湖。

看一弯月、两竿竹、四墙书。

时光无奈，逝者斯夫。

青葱处，未解糊涂。

不如归去，安用人扶。

唯诗一卷、琴一曲、酒一壶。

2018 年 3 月 19 日

行香子

叶老逢秋，飘忽如舟。

回头岸，却在高楼。

斜阳照水，抽刀难留。

惜春迷眼、夏无影、秋添忧。

百年悠悠，千载难求。

黄灯下，神鬼奔走。

夕阳把酒，最难消愁。

叹目无力、身折翼、心是囚。

2018 年 3 月 21 日

行香子

溪水行歌，野旷生花。

春晖照，垂柳寒鸦。

繁星如火，寸心如芽。

感山生色、水生命、天生霞。

万物于人，老酒为佳。

苦因醉，乐也由它。

身心向远，花树皆茶。

信进为人、退为我、隐为侠。

2018 年 3 月 23 日

行香子

无色远晴，空尽如屏。

寂寥深，絮重词轻。

风吹无影，空谷传情。

觉桃花乱、心花放、烛花明。

凡间似画，转瞬阴晴。

起伏时，沽酒长亭。

人生快意，顾自风行。

爱眉山俊、河山重、孤山名。

2018 年 5 月 11 日

行香子

残夜寒风，枝解梧桐。

看世间，满脸愁容。

一年又尽，落寞无穷。

有雪花白、心花乱、梅花红。

尚存衰朽，羽化飞鸿。

挥袖时，方寸苍穹。

上天入地，游鱼从龙。

唯泪光隐、风光显、时光中。

2019 年 1 月 8 日

行香子

偶遇初逢，一度春风。

满庭芳，飞絮蒙蒙。

舞时歌处，惊若飞鸿。

觉眼儿媚、心儿跳、脸儿红。

人世难尽，美酒千盅。

却原来，流水成空。

燕飞雨落，蝶来香浓。

等花出影、曲出瑟、天出虹。

2019 年 1 月 11 日

行香子

咏常州

毓秀中吴，襟带江湖。

毗陵渡，烟漫江苏。

韵歌流顾，秀口成珠。

展孟河术、青果木、前黄书。

古京高梧，围筑茅庐。

夜航路，各展宏图。

才出荆楚，逊吴何如？

有美人部、武人著、才人出。

2018 年 4 月 5 日

行香子

港澳媒体江南行纪

两大京都，霸立越吴。

江南秀，海上姑苏。

山川形胜，俊逸雄图。

有四美人、三成士、一把壶。

张翰思鲈，沃野作厨。

天一阁，海内藏书。

春秋立传，侠士鸿儒。

此生花地、温柔邑、相忘湖。

2018 年 7 月 20 日

七绝
江南好

抛掷半生买酒钱，

江南来做小神仙。

春风一度已然醉，

芳草美人在眼前。

2018 年 7 月 21 日

阮郎归

初三有雨赏文祥诗以寄

阳春新面似当初，

沉香独不如。

新花兼有雨中书，

酒浓情不疏。

曾有醉，醒来孤，

火塘驱雾舒。

百年纵有也成虚，

举杯满若无。

2019 年 2 月 7 日正月初三高铁上草就

七绝
春意梅瞳

新笋已将湿土松，

满山春意雪中红。

人间最是江南好，

一朵梅花一美瞳。

2019 年 2 月 10 日

七绝
江南梅灯

雪白风轻春渐深，

半江清水撩丽人。

人间最是江南好，

一朵梅花一盏灯。

2019 年 2 月 10 日

七绝

戏赠学东

半朵黄花须酒浇，

一支枯笔伴心摇。

风中曾见舞飞叶，

濠上清流漂汉袍。

2019 年 2 月 20 日

七律

戏赠长兴公主黎大娘

梨花一朵傲长兴，

复旦卿云莫不听。

曾携憔悴惊海内，

惜无烟霞落花瓶。

斜阳立尽催人倒，

小调重谈伴雨闻。

手撚残枝春无计，

一波流水一波云。

2015 年 2 月旧作

2021 年 10 月修改

七绝
厂洼读书有感

秋老叶红花占枝，

人间最美读书时。

伤心只是春风远，

残力还吟半行诗。

2019 年 11 月 1 日

浣溪沙

花甲腊八即兴

华发频生杯酒空，

红炉消夜残词穷。

几多新月照寒蛩？

心力移山成夙愿，

神灵作雨种花红。

人生从此不兼容。

2020 年 1 月 3 日

七绝

无常

人生最是叹无常，

风物何曾放眼量。

救苦循声空自在，

一明一灭看夕阳。

2020 年 8 月 17 日

七绝

乡聚小吟

意马心猿空叹愁，

做人最是不自由。

风云消退风情起，

只把吴钩作月钩。

2021 年 1 月 22 日

七绝
李家码头望月

半帘明月花动容，

一道秋阳桥伴风。

落尽梨花问天意，

载了离愁随飘蓬。

2021 年 8 月 22 日

七绝

六十中秋感怀

西风染梦斜阳黄，

半照帝都半故乡。

又是一年中秋月，

三分憔悴七分凉。

2021 年 9 月 13 日

七绝
中秋同学聚会有感

长叹当年出手迟，

如花美玉别他枝。

人生花甲轻风过，

曾渡南塘却恋池。

2021 年 9 月 20 日

七律

浦江访友

相思一撇落叶红，

秋意满山醉语浓。

往事如歌歌不尽，

今生若梦梦行东。

寻诗明月入吾怀，

访友浦江涤心胸。

人生到处有春在，

春在情深映碧空。

2021 年 9 月 28 日

七绝

无寄

人生如寄今无寄，

林下独酌月有忌。

花落魂销望枯枝，

年年寒露长相忆。

2021 年 10 月 9 日

画堂春

深港遇莲

冬莲静卧碧池中，
残荷依旧飘红。
打浦桥畔觅行踪，
信步芳丛。

一别几多岁月，
水风山影相逢。
且将往事付秋风，
惊起孤鸿。

2021 年 10 月 14 日

七律

秋兴

人生如梦也如诗，

掬水弄花两由之。

情似一床书可读，

云如三尺剑入池。

老秋黄叶看明月，

寒露为霜落断枝。

如意好风不得遇，

聊将枯墨写旧词。

2021 年 10 月 19 日

七律
秋感

浮生若梦五十年，

托兴道光[*]忆从前。

蓟北不曾多相遇，

江南可醉两三天。

看花吃酒丝弦乱，

老去文章能卖钱。

白发已将青丝换，

看多一眼好人间。

2015 年旧作

2021 年 10 月修改

*注：道光，一种白酒。

七律

秋思

四十年攒四墙书，

百感交集百身赎。

过往人生过往事，

花开花谢非当初。

无情非是水中月，

有意难留不绘图。

试问苍天或不老，

依稀往日已模糊。

2019 年 7 月旧作

2021 年 10 月 20 日修改

七律
秋悟

从来落雪如落花，

不有朝霞胜晚霞。

四季人生风景异，

历经都是好年华。

诗情自带八分醉，

禅意无非半饮茶。

古往今来多少事，

红尘踏破披袈裟。

2015 年 11 月旧作

2021 年 10 月 21 日修改